KB017557

돌려주시지 않아도 됩니다

돌려주시지
않아도
됩니다

이규리 아포리즘
2

ㄴㄴ> <ㄷㄴ

차
례

둘러보면 파편으로 차 있는 일상 가운데 그 안의 삶은 어떻게든 맑게 눈뜨고 싶다는 믿음이 컸던 것 같다. 이 글은 그 믿음을 위해 스스로 질문하고 대답한 흔적들이다.

오래전부터 노트에 메모되었던 글들이 모였을 때 그 흔적이 아픔이고 견딤이었다는 것을 알았다.

시詩가 다 말하지 못했던 생각에 대해, 그리고 말해도 닿을 수 없었던 세계를 향한 이 글들을 '아포리즘'이라 일괄해보았다.

일반 아포리즘이 주는 교훈적인 내레이션을 벗어나고 싶었고 얼마간은 실제와 이미지와 인식이 춤추는 말을 감각적으로 받아적는 편에 기울었다.

시인은 시로써 살지만 더 정확하게는 시를 품은 인식으로 산다. 이때의 인식은 실천 가능한 삶까지를 아우른다. 이 글들은 그 인식으로 차오르던 순간의 성찰인 셈이다.

그러므로 어떻게 보면 시였다가, 달리 보면 약속이었다가, 다시 보면 당신에게만 속삭이는 비밀이기도 하다.

바람이라면 함께했던 고통과 희열과 발견의 이 기록이 사랑이었으면 좋겠다는 생각이다.

글을 쓰는 동안 누추했던 내가 깨끗하고 가벼울 수 있었다.

많게는 온전한 기쁨에 떨었다.

문학의 힘, 언어의 선물이라 여긴다.

2019년 4월

이규리

1
부

우리는 잘못 보기 위해

보는지 모른다

열매는 시공을 견뎌온 허공의 자식들이다.

　다시 그때로 돌아간다면 장욱진의 아이처럼 천진하게 웃고 싶어요. 지붕 위에서 피리를 불고 고개를 갸우뚱 대며 늦은 아비를 기다리고 싶어요. 그러나 이젠 아비도 믿을 수 없는 근심이 동심에도 파고들어와요. 몰라도 좋을 눈치와 조숙한 수치가 지붕과 피리 소리를 앗아갔는데 돌아올 아비도 없으니, 시는 그 틈바구니에서 핀 사치의 꽃일까요.

괴로움에도 시간이 필요하다. 그러니 너무 재촉하지 말 것.

우리는 잘못 보기 위해 보는지 모른다. 잘못 말하기 위해 말하는지 모른다. 그렇지 않고서야 이토록 달라지지 않는단 말인가.

일회성의 죽음, 죽음을 수긍하므로 그나마 질서가 유지된다. 죽음이 슬픔을 표방하지만 사실은 정리되고 있는 것이다. 오래 끈 어떤 죽음 이후 가족들은 단란하게 소풍을 갔다.

어둠에서 밝음으로, 결핍에서 충족으로. 불편에서 편리로. 현실에서의 역행이 예술에서는 이행이 된다. 그것이 왜 힘이 센가를 알게 되는 일은 비밀스러운 기쁨이다.

미리 약을 준비해두면 위장이 먼저 안심을 해요. 또다른 처방이에요.

낙천적인 사람은 일견 긍정적으로 보이나 사실, 현실에서 조금 떠나 있는 것, 상황을 멀리하고 있는 것일 뿐이다.

반성하지 않는 너를 수용하지 못하는, 더 반성하지 않는 나.

시에라네바다산맥에서 방울을 달고 풀을 뜯던 양들아,

방울들아, 구름들아. 어디만큼 넓어졌느냐. 벗어났느냐.

모든 발화發話는 이미 불화와 악수하고 있어요. 불화를 설명하기 위해 다시 불화를 덧대는 것, 불화는 사라지지 않고 삶 쪽에 끈질기게 붙어 당신을 가늠할 거예요. 어떤 발화에도 불의 성질이 있어요. 언제라도 발화發火할 준비를 하고 있어요.

누구나 자신의 심연을 보는 일은 두려울 것이다. 보려 한다고 볼 수 있는 것도 아니다. 심연은 극복하는 것이 아니라 내려놓는 것. 천신만고 끝에 왔다고 느껴지는 곳에서 다시 발을 버려야 하는 것.

비 오는 날, 어디선가 비릿한 냄새가 난다. 외로움의 냄새인가. 이럴 땐 재빨리 책 속으로 들어가 줄 친 대목을 읽어본다. 때마침 프랜시스 베이컨의 「회상」이 눈에 띈다. 그는 드가의 파스텔화 속 여인의 누드화에서 뼈가 만져진다고, 그건 피부 밑에 있는 가시 같다고 쓴다. 비릿하다. 그의 섬세한 표현 때문에 손끝을 떨면서 나는 함께 뼈를 만지고 가시를 느낀다. 감각은 아픈 실재이다. 베이컨의 많은 표현은 놀랍도록 시적이었다. 그런데 고백하자면 나는 베이컨을 생각할 때마다 알 수 없는 콤플렉스에 사로잡혔다. 그가 자신의 몸을 정육점의 고기와 같다 했을 때, 말하지 못했으나 내 몸이야말로 잡은 지 한참 지난 고기라는 생각 때문이었다. 비는 그쳤는데 비릿한 냄새는 가시지 않는다.

　가여운 상대를 가만히 안아주는 행위, 잠시 토닥이던 손이 상대의 등에 나비를 그린다. 나비, 팔랑 나비. 손이 없어지고 등도 없어지고 그사이 고통은 나비 날개의 무늬를 가지고 날아갔다.

　외동이의 의젓한 태도 안에는 보일 듯이 보일 듯이 보
이지 않는 과보호의 눈길이 숨어 있다. 그걸 벗어나려고
안간힘을 쓴 고투가 잡힐 듯이 잡힐 듯이 잡히지 않는 자
아를 형성한다. 앞서 성큼 걸어가는 그 아이의 또렷한 등
줄기는 제 힘으로 염려와 불안을 넘으려는 의지의 실루엣
이다.

'나의 나무'라 할 때는 이미 여느 나무와 같지 않다. '나의'라는 소유격이 생겼으므로 본의 아니게 나무는 주체를 잃고 말았다. 나무는 소유되지 않는다. 다른 것도 마찬가지다. 아무것에나 '나의'를 붙이지 말아야 한다.

나사도 한계점을 넘으면 헛돌고 말지요. 적절한 상태는 타이밍과 감각이 먼저 알아요. 직전에서 멈출 줄 아는 지혜. 도저한 가려움을 참지 못하고 벅벅 긁어대는 일. 긁는 일에도 한계점이 있어요. 상처의 덧남 다시 덧남. 정도程度는 가차가 없지요.

어렵사리 찾아든 나무 그늘 아래서 얼마간은 시원하나 곧 추워진다. 원망하지 말자. 이것 안에 있는 그것과 그것만으로는 만족할 수 없는 이것을.

우리가 어느 장소, 어느 위치에 꼭 가거나 처해야 할 필요가 있을까. 한 잡지는 헤세가 말년에 살았다는 따스한 스위스 남부의 햇빛과 나무 그림자를 소개하고 있었다. 거기서 『나르치스와 골드문트』가 쓰여졌다는데, 내 청춘의 초입에서 전全의식이 몰입했던 책이기 때문일까. 기시감을 느꼈다. 그렇다면 나는 그곳에 간 적이 있다. 산 적이 있다.

냉장고 문이 제대로 닫혀 있지 않으면 몇 초 후 냉장고
가 신호음으로 알려준다. 인간에게도 그 신호음이 있지만
알아채지 못한다는 점이 다르다. 부주의가 아니라 오만 때
문일 것이다.

가진 사람의 불화가 못 가진 사람의 결핍을 위로하듯이 못 가진 사람의 열등으로 가진 사람의 위선은 충족된다. 그 둘은 서로 만날 수 없는 평행선 혹은 만나고 싶지 않은 평행선이다.

　막연한 짐작으로 비유하지 마라. 장미는 행복한 적이
없다.

　은박지를 구겨서 펴면 별들이 돋아났다. 그러나 다시 처음의 바탕으로 돌아갈 수는 없다. 측은한 별들은 저들끼리 서로 바탕이 되어주었다. 그중 슬픔이라는 별이 조금 더 빛났다.

솔직함으로 인해 벌써 그는 커진다. 수치스러움을 고백할 때 그는 깊어진다. 나는 두번째의 아내, 두번째의 여자, 두번째의 어머니. 그리고 당신은 열번째 남자, 열번째 아비. 치욕을 고백하고 나면 그는 더이상 이전의 그가 아니다.

메마른 6월의 바람이 분다. 열어놓은 창으로 실시간 먼지가 쌓인다. 청소원은 자꾸 창을 닫으려 하고 내근자는 창을 열려고 한다. 자기 관점의 요구.

여름 강둑을 떠들썩하게 했던 잡풀들—천인국과 벌개미취, 접시꽃과 구절초가 겨울이 깊어지니 서로 말라비틀어진 채 엉겨 있다. 힘을 풀고 있다. 서로 색과 향으로 뽐내던 모습이 누가 누군지 모르게 한몸이 되어 있다. 허락하고 있다. 데칼코마니라는 미술상 기법이 있다. 각기 다른 여러 가지의 물감에 적신 실을 도화지 위에 이리저리 갖가지 모양으로 놓고 그 위에 새로운 도화지 한 장을 덮어 누른다. 그러고는 도화지 바깥으로 내놓은 실 끄트머리를 살며시 당긴 뒤 덮어 누르고 있던 도화지를 열어보면 뜻밖에도 서로 다른 색과 선이 뒤엉켜 생각지 못한 형태의 아름다움을 보여준다. 그 조화로움 앞에 누가 누군지를 밝히는 일은 무의미하다. 아무것도 없는 듯이 보이는 겨울 들판이 아름다운 건 이렇게 있는 듯 없고 사라진 듯 남아 있는 존재들의 뒤엉킴, 낮아짐과 겸허함 때문이다. 비로소 평등해진 이들의 이름, 비로소 익명에 든 이들의 편안한 잠, 자유로운 이는 두려울 것이 없고 두려움이 없는 이는 담대할 수 있다. 쉿! 지금은 침잠할 때.

이해받는 수고보다 오해받는 자유를 그리워하겠다. 연두 잎에 머무는 오전 열시의 햇살 그리고 집중, 지금을 깨뜨리지 말아주세요.

그토록

슬픔 앞에서 나는

슬픔 밖에서 나는

슬픔 잃고서 나는

죽을 수 있으리.

이제 정말 혼자가 되었다. 아아, 내 삶에 복수하듯 혼자
가 되었다.

상대에게 누가 될까 좋아한다는 말을 삼가듯이 카프카를 좋아한다는 말 역시 자주 되뇌기가 조심스럽다. 그의 말로 늘 내가 덕을 보기 때문이다. 그와 동시대에 살았다 해도 나의 우매함이 그를 알아보지 못했을 것이나 나는 그와 동시대 인물이 아니어서 자유롭다. 그리고 그가 이렇게 전달되어온 것이 말할 수 없이 기쁘다.

인간은 잠시 잠깐 초월을 경험하기도 해요. 그건 간절함
과 의지와 잃어버리지 못한 꿈이 결합할 때일 거예요.

문학의 가상함을 하나만 말해본다면 죽음에 배타적이지 않다는 점이다. 달리 말하면 문학이 삶보다 죽음을 더 정성스럽게 영접하는 이유는 삶을 궁휼히 여기기 때문이다.

죽음은 경험할 수 없으므로 신비에 속하지만 우리가 삶에 집착하는 한 죽음은 두려울 수밖에 없을 것이다. 당신이 삶과 죽음을 수평으로 놓을 수 있다면 당신은 죽음의 미지를 선험할 수 있는 사람이 되지 않을까. 나는 오늘 죽었다, 아니 어제인지 모른다. 카뮈 식式의 담담한 가정假定말이다.

덕장에서 아가미를 꿴 채 견디고 있는 황태의 행렬에서
노래가 들려왔다. 〈히브라이 포로들의 합창〉 같은. 바람과
추위와 시간을 견디고 있는 그들의 노래. 선두와 말미의
구분이 없는 대열은 아름다웠다. 자신의 존재를 직시하고
있는 한 포로가 아니다.

흰 원피스를 입고 다닌 나흘의 시간이 왜 눈부셨는지. 흰옷이 때가 잘 탈 거라는 생각은 편견이다. 흰옷에는 때를 묻히지 않으려는 경쾌한 노력이 병행하고 있다.

10월, 아무 일도 일어나지 않았는데 울고 말았어요.

왜?라는 말을 적게 하고부터 침묵에 길들여진다. 그런 때가 올까. 이미 물음 안에 해답이 있거나 물음조차 무의미하게 느껴지는 때. 내 늙음의 관문이 그러하길 바란다.

　새벽 어스름 속에서 사람을 만나면 서로 놀란다. 가는 인기척이라도 내주는 게 사람을 대하는 예의일 것이다. 시의 인기척은 스님의 주장자처럼 독자를 위하는 것이며 동시에 모든 대상을 배려하는 일이다. 복면을 하거나 불쑥 나체로 나타난다면 예의가 아니듯 에두르는 방식은 삶에서만 요긴한 게 아니다.

창 안에서 창밖의 나무들을 본다. 읽는다. 언어가 세계를 이어주는 인식 체계라면 나무는 이미 존재하는 언어이다. 내 방에는 주태석이 그린 나무가 하나 있다. 나무 전체를 그린 것이 아니라 몸통의 중간 부분만을 클로즈업하여 그린 것이다.

핵심을 드러내기 위해 프레임 내에 가져온 선택과 사라지게 한 배제의 원칙이 사진의 피사체와 흡사하다. 그 디테일은 보이지 않는 가지와 뿌리까지 충분히 연상케 하는데 나무의 배경으로 옆에 있는 다른 나무의 퍼진 가지와 드리운 그늘조차 충분한 리얼리티를 느끼게 한다.

삶의 전환점이나 충격을 주는 시점은 전체가 아니라 부

분이며 디테일에서 온다. 좋은 디테일은 그 자체로 이미
아름다운 텍스트이다.

경계, 어느 마을을 지나면 방을 마련해도 좋으리. 잠을 도와도 좋으리. 결정은 내가 하는 것이 아니어도 좋으리.

결코 우리가 가고 싶은 곳으로 생이 우리를 데려가지는 않을 것이다. 가고 싶은 곳으로 갔다고 해서 욕망이 끝나는 건 아닐 것이다. 그것이 무의미해질 무렵 우리는 언젠가 우리가 원했던 곳에 서 있는 우리의 발걸음을 느낄 것이다.

　내 안에는 한 마리 웅크린 북극곰이 살아요. 그는 움쩍도 않지만 간섭도 않지요. 덩치 때문에 치우고 싶지만 그 덩치가 종종 내 위치를 깨닫게 해요. 이건 불편의 시학이에요.

침묵이 불안할 때는 아직 침묵의 의미에 도달하지 못한 때이다. 얼마나 더 누추해져야 문을 닫게 될까. 비밀번호는 흘리는 게 아니다. 깜깜 면벽 이후, 홀린 듯 뭉게구름을 보게 될 때, 이곳이 어디인지 알 필요도 없을 때, 문은 열려 있어도 무방할 것이다.

오늘을 허비하였습니다. 이제 당신은 오지 않습니다. 슬픔이 없는 채 하루가 저물었습니다.

그리고 그래서 그런데 그리하여 그러므로, 달라진 건 없어요.

2부

나는 나에 대해
잘 모르는 사람

아이를 가질 수 없는 한 지어미가 판매대에 진열된 인형들을 살며시 만져본다는 문장을 기억한다. 아, 아픔 앞에서 우리는 모두 죄인이다. 걸인이다. 기쁨이 와도 기쁨 아닌 시간. 꽃이 와도 꽃 아닌 시절, 무슨 말을 할 수 있을까. 미안하고 미안하여 말조차 걸 수 없는 마음.

마네킹을 질투한다. 살아 있지 않은 그것에게 화를 낸다. 욕망은 참으로 비루하여 지식을 무용지물로 만들고 지성을 전락시키며 스스로를 치졸하게 구석으로 몬다. 사라지지 않는 비교라는 구조.

부끄러움을 잃고부터 우리는 소중한 표정 하나를 상실했다. 부끄러움의 반대말이 자신감이라는 잘못된 자만심이 '부끄러움'이라는 아름다운 의미 하나를 축소했다.

가로수 아래 피어 있는 벌개미취, 가느다란 목들은 차가 지나갈 때마다 수백 번 반가운 체를 한다. 어디라 자신을 규정하지 않은 유연함이 아련해 여러 번 브레이크를 밟을 뻔했다.

지옥을 가리켜 장소가 아니라 상태라고 한 보르헤스의 말은 명징하다. 장소라면 어떤 방법을 써서라도 벗어나려는 인간이 있을 테니까. 상태는 어찌해도 유지해야 하는 것. 몸부림쳐도 벗어날 수 없는 것. 눈보라 치는 벌판을 어떻게 해쳐나가야 할지 고민하게 하는 것. 시인은 상태 안에 머물러야 하는 자이다.

다시 말년의 보르헤스는 대담집에서 "언제 죽을지 모르는 나이이니 어서 질문하세요"라 언급하고 있다. 학생들이 아무런 질문을 하지 않을 때 나는 몇 번 그 말을 재미삼아 써먹었는데 상당히 건방진 행위였다. 현명한 학생은 아무에게나 질문하지 않는다.

산책길에 만나는 새들, 정확히는 새소리를 만난다. 새는 모습보다 소리로 존재를 표현하는데, 그건 고난도의 자기애이기도 하다. 높은 데 가지 하나가 출렁이면 이미 사랑은 떠나고 없다. 살짝 보여주면서 유추하게 하는 몸짓이 시를 닮았다.

무슨 일이든 오래 지속되면 초심이 흐려진다. 계속되는 시대의 우울을 바라보는 자들의 내면에는 무관심이란 내성이 생긴다.

위선과 독선의 위정자를 불쌍히 여기는 건 관대해서가 아니라 지쳐서이며 용서해서라기보다 포기해서이다.

건조한 바람이 자주 불어왔어요. 열어놓은 창으로 모래 먼지가 버석이곤 했지요. 아득한 날의 잃어버린 꿈처럼 상실의 촉감이 있었어요. 그토록 소중했던 것들, 어느새 먼지처럼 미미해진 추억 추억들. 그거 내 것이었나요?

괴로움 안에 있는 사람은 가능성이 있는 사람이에요. 그
대 쓸쓸해 말아요.

바람이 심하게 불었다. 흔들리는 정도를 지나 나무가 넘어지고 땅이 패기도 했다. 지나간 뒤는 항상 거짓처럼 고요하여 그 시간 잠에 들었던 사람은 괜히 다른 의심을 한다.

나는 성性을 본능이 아니라 관념으로 이해했다. 그래서
그토록 수용하기가 어려웠다.

설명하지 않아야 하는 순간들이 있다. 자코메티를 처음 만난 일이 그러했다. 소리 없는 소리, 형체 없는 형체, 말씀 이전의 충격이 있었다. 뼈대만으로 전부를 말하고 있는 그는 존재의 내면을 고민하던 나에게 섬광처럼 다가왔다. 주물로 빚은 한 사나이가 걸어가거나, 서서 한곳을 가리키거나, 거기엔 날 선 정신이 오롯했다. 욕망을 최소화한 존재로서 한곳을 본다는 의미는 아무것도 보지 않는다는 초월 의지에 다름아니다. 고독이라는 것, 살과 피와 물기를 다 내어주고 남긴 정신이라는 뼈. 그의 작품과 작품 사이를 서성일 때 우리가 들을 수 없는, 그럼에도 들려오는 음률이 맴돌고 있었던 것 같다. 어쩌면 자코메티가 이미 음이었다는 느낌이다.

정신에 비해 물질은 얼마나 순수한가. 관념이 더운 여름에 양복을 입고 앉은 우스꽝스러운 자기 체면이라면, 물질은 존재해야 할 곳에 갈등 없이 있을 뿐이다. 연유를 든다면 물질은 그 자체로 관여하는 반면 관념엔 늘 인간이 개입되어 있다.

별빛 아래서 우리 토론을 해요. 처음인 듯 바라보아요.

어디에 갔다 온 건가요?

타인 앞에서 울음으로 자신을 수식하는 사람은 가짜다. 내밀한 정서는 쉽게 꺼내 보일 수 없는 어떤 것이다. 울음의 주체와 대상은 철저히 자기 자신이어야 하며 또한 혼자만의 독백임을 알아야 한다. 독백은 사회성이 없다.

시댁, 시어른, 강요된 효도는 폭력이다. 신경성 두통을 앓으며 여자들이 벗어나지 못하는 통점에 배우자나 자녀가 있다. 사랑으로 관계가 생기고 관계함으로써 증오를 경험하는 일. 인식이 변화하지 않으면 어떤 희생도 가치를 얻지 못한다. 쳇바퀴를 생각하지 않고 굴려야 한다면 나는 더 갈 수 있을까.

양복 단춧구멍 중에서 맨 위의 구멍이 항상 먼저 헐거
워진다. 우연한 위치나 순서가 규정하는 의무와 무게. 슬
픈 장남의 자리처럼.

사람이 목적이어서는 안 된다. 목적은 일정 기간 지나면
수정이나 파기가 불가피하다. 사람이 목적이었던 때가 있
었다. 내 절망은 그의 상실이 아니라 내 판단의 오류에 있
었다.

등교하는 버스 안에서 꼭 끼는 교복을 입은 여학생이 열심히 얼굴을 매만진다. 화장 거울이 위험하다. 목적지에 도착할 때쯤 거울은 더욱 팽창한다. 너무 매만져 여학생은 제 얼굴이 다 없어져버렸다. 누가 그에게 때와 장소의 일들을 말해주었더라면, 드러내지 않음의 미덕을 가르쳐주었더라면.

 동일한 사건이나 장면이 해석에 따라 달리 조작되기도
한다. 고무찰흙으로 만든 닭과 오리라 할까. 주무를 때마다
닭이었다가 오리였다가. 가능하면 빠져들지 않을 것, 혼돈
에서 멀어질 것, 더욱 그리운 객관과 냉정이라는 단어.

결핍은 그 자체 아무 문제가 아니다. 오히려 간절한 구원의 동력이 되기도 한다. 다만 그 상태에 고착되면 그건 자기 질병과 우환을 부른다.

　각 채널마다 오디션 프로그램은 화려한 비상을 꿈꾸도
록 현혹시키는 동시에 추락하는 절망을 맛보게 하고 있
다. 그러나 사람들은 전자를 기대하는 심리 때문에 후자
가 초래할 결과는 가벼이 여긴다. 그러므로 프로그램은 존
속한다. 너무 이른 감격이나 너무 빠른 실망으로 울음을
터트리는 어린 참가자들을 보는 마음이 아프다. 일찍 맛보
는 열광, 일찍 길들이는 환호는 실패보다 더 위험한 것을.

병이나 아픔을 필요 이상 자랑하는 사람들, 허전하여 마음을 얻으려는 것이다. 불행을 빙자한 구걸이다. 짐승은 혼자 견디고 스스로 치유한다.

관계는 근본적으로 이기를 지향하고 있다. 가령 인간과 의자의 관계, 제공하는 쪽과 제공받는 쪽의 생각은 묘하게 어긋나곤 한다. 말하자면 우리는 의자에게 체온을 주었다 여기지만 의자가 기억하는 건 무게이다.

거의 모든 내용은 자기 안에 자기 아닌 요소를 지니게 마련이지요. 흰색을 들여다보면 검은색이 어른거려요. 어떤 빛을 반사할 때 반사되지 않은 빛 하나가 흰색에 머물러주었을까요. 흰 눈을 뭉쳐서 들여다볼 때도 그 둘레에 흰색 아닌 것이 어른거려요. 웃고 있을 때 번지는 희미한 눈물처럼.

하얀 옷을 보면 형언할 수 없는 마음이 되어요. 하얀 가루약을 볼 때도 가슴이 뛰어요. 현실이며 비현실인 어느 지점, 하얀색에는 심리가 먼저 작용하나봐요. 흰 눈, 흰 산, 흰 이불, 흰 치아. 흰 것의 이미지들엔 내성도 생기지 않아요.

간혹 도심 강변에서 낚싯대를 걸어놓고 하염없이 기다리는 사람을 본다. 여기 무슨 물고기가 있을까 싶은데 낚시꾼은 미동도 않는다. 모든 생각이 낚싯대에 몰려 있는 듯도 하고, 생각조차 없는 것 같기도 하다. 몰입 끝에 고기가 온다. 기술이 아니고 행위도 아니다. 온몸이 한곳에 집중된 자기 확인, 간절함의 다른 성과이다.

폭염주의보. 5월 기온 섭씨 34도. 얼음 나라를 생각할까, 사막을 상상할까? 더위 같은 것, 어릴 적에는 슬픈 생각들을 떠올리기만 해도 되었는데. 변화는 무심코 자신의 현상태를 말해준다.

아름다운 건 아름다움을 잊고 있을 때 완성되는 것.

시인에게서 느끼는 정치성은 민망스럽다. 자신의 정치
성이 충분히 입증되는데도 그는 그의 힘으로 자꾸 일을
확장한다. 스케일이 커지면 허위가 보이지 않는 법이다.
착오를 신뢰하면서 그걸 능력이라고 확신할 때 시는 떠나
고 명패만 남는다.

슈베르트는 자신이 죽어갈 때 베토벤의 현악 4중주를 들려달라 했다는데. 또한 투르게네프가 죽기 직전 톨스토이에게 보낸 편지에서 "나는 당신과 동시대 사람이어서 진실로 행복했었다"고 적고 있는데.

너머를 지향하는 신들의 마을엔 무지개가 피어났을 것이다. 위대함의 깊이는 신음처럼 아무렇지 않게 흘러나와 상대의 위상을 높이는 것. 그들은 누구인가. 우리가 아는 사람인가.

　나도 모르는 나의 진실, 나도 모르는 나의 배후가 수면 위로 떠오를 때 누구나 숨어버리고 싶을 것이다. 나는 나에 대해 잘 모르는 사람. 나는 나에 대해 할말이 없는 사람. 나는 나를 세 번 이상 부정할 사람. 돌아가 먼 바닷가 어부도 될 수 없는 사람.

헌옷수거함에 옷을 밀어넣을 때, 묘한 기분이 들어요. 추억과 체온을 낯선 이와 공유하는 느낌 말이지요. 그걸 착용하는 사람도 마찬가지 기분이겠지요. 모르는 사람과의 섹스가 그러할까요.

내 말을 받아 적고 있는 사람들에게 두려움을 느낀다. 동
시에 우쭐함도 없지는 않다. 진실을 전달하려 할 때 진실
에서 멀었고 정확하게 표현하려 할수록 정확에서 멀었던
빈곤함을 얼버무리지 않았나. 두려움과 우쭐함 중에서 어
느 쪽으로 더 기우는가에 따라 속됨의 정도가 측정되리라.

연민조차 얻지 못한다면 잘못 산 것이다. 자초한 불행 앞에서 개인이 힘을 발휘하지 못하는 건 우리가 제대로 개인을 산 적이 없거나 개인을 제대로 바라봐준 적 없어 서이다. 늘 무엇에 기대어 존재했던 결과이다. 개인은 결 코 무력하지 않다.

아이는 머리가 심하게 아팠는데 꾀병이라고 판단한 엄
마는 기어이 학교에 보냈다. 아이는 패혈증으로 죽었다.
분노와 비탄과 자책이 회오리바람을 만들어 온 집안이 숨
을 쉬지 못한다.

무엇인가를 잃고 나면 후회가 따르겠지만 잃지 않았다면 무심했을 것이다. 보통의 아쉬움들이야 오래가지 않는다. 서운하리만치 적응이 빠르다. 그러나 예외가 있으니 자식 문제만은 다르다. 전심전력 분노하고 세세연년 가책한다.

시인은 꽃을 피우는 바람이나 햇빛을 관찰했을 뿐인데
어느 날부턴가 꽃 축제의 본부석에 앉아 있곤 한다. 나는
이러이러하게 꽃을 피웠다 마이크를 잡으면서.

웅덩이는 무얼 담을 뜻이 없었다. 하늘과 구름이 내려오
자 웅덩이가 달라졌다. 생각이 들어왔기 때문이다. 사람
들은 각기 그것들을 다르게 읽었다. 다르게 믿었다. 웅덩
이가 무얼 의도했을 리 없다. 그렇게 나를 다르게 읽었던
사람들.

카페 정원을 장식한 향나무가 너무 멋진 나머지 가짜인 줄 알았다. 때때로 미완이나 불완전이 왜 아름다운지 알 것이다.

벤치 옆 쓰레기통은 가득찼고 쓰레기통에 들지 못한 쓰레기도 수북하다. 처음부터 쓰레기였던 건 없듯 처음부터 슬픔이었던 것도 없다. 어떤 슬픔은 남기고 어떤 슬픔은 버려야 하는지 또 슬픔의 범주가 아닌 건 무언지. 전신이 남루할 때 스스로 쓰레기통이 되는 것도 방법이다.

지나치게 명랑한 사람을 경계하라. 지나치게 팽팽한 풍
선은 위험하다.

난이 꽃을 피울 때, 피어서 향을 보낼 때, 내 무심이었던 시간이 속수무책 부끄러워진다. 돌보지 않았는데 꽃은 피고 수고하지 않았는데 향은 평등하게 온다.

그리움에서 절망으로 가는 순간은 단 한 장면이면 되어요. 반대로 절망에서 그리움으로 가는 순간도 찰나에 이루어지지요. 우리는 늘 그 두 지점을 드나들고 있어요. 아이러니하게도 후에 보면 절망의 힘이 더 세지요. '바닥'이라는 무시무시한 깊이를 엿보았기 때문일까요.

눈이 키 높이로 쌓였다. 눈은 흰빛으로 인하여 적설의
무게를 간과하기 쉽다. 그 무게는 잘못 산 인생만큼이나
무겁다. 병사들은 눈 오는 날을 두려워한다는데 수고를 넘
어 적설은 묵인인가 은폐인가. 묵인은 보류와 통하고 은
폐는 부정과 내통한다. 흰 눈도 쌓이면 무기가 된다.

언어는 자꾸 바깥으로 나가려 하고 인습은 그걸 통제하
려 한다. 시인은 언어의 탈출을 돕는 조련사이다. 탈선이
아니라 탈주, 경험하게 하려는 것이다. 의식의 정강이에
흐르는 피를 보고 아름답다 아름답다 사로잡히기도 한다.
정말 그건 아름다움이다.

상처에 달려드는 균, 쓰레기통에 모이는 벌레, 부정에 꼬이는 검은 욕망들, 그들은 공히 그런 줄 몰랐다는 답을 한다. 몰랐다는 말로 빠져나가지만 몰랐다는 말이 그를 영원히 가두게 될 것이다.

모서리에 가 앉는 당신, 중앙을 비워주었는데도 모서리에 앉는 당신. 때문에 나는 끝까지 당신을 지지한다.

3
부

뒤는
말하지 못한
고백이다

뒷모습은 정확함보다 정직함에 더 가깝다.

뒷모습이 중심이거나 주체가 된 적은 없다. 또한 스스로 자신의 그것을 본 적도 없다. 그러나 무뚝뚝한 거기에 내면이 있다. 사람들은 남의 것을 보며 슬며시 자신을 간추린다.

뒷모습은 많은 유추를 가능하게 한다. 뒤에서 누군가가 나를 주시할 때 대책 없이 두렵고 불편하다. 통상, 앞보다 뒤는 소극적이거나 부정적이지만 결국 사람들이 두려워하는 것은 앞이 아니라 뒤다.

뒤는 여백이다. 뒤는 말하지 못한 고백이다. 러시아워나 마감 직전의 분주한 상황에선 존재하지 않는다. 뻐근한 목을 들어 잠시 몸을 추스르거나 창밖으로 눈길을 돌리는 잠시의 여유, 그런 때에 언뜻 나타나기도 한다. 그러나 뒤는 뒤라는 이유로 어떤 이에게는 보이지 않기도 한다. 휴대전화 문자메시지를 받고 보낸 이의 마음을 헤아리고 있는 동안 득달같이 도착하는 문자메시지. "왜 메시지 씹는 거야?" 뒤가 뚝 잘려나가는 순간이다.

종일 말 한마디 하지 않고 지낼 때가 있다. 그 모습이 측은하여 내가 내게 말을 걸기 시작한다. 비가 온다고, 너무 더워서 너를 잊었다고, 읽지 않은 책이 자꾸 쌓여간다고, 그러면 또다른 내가 말한다. 잠 좀 자라고, 더워도 강물은 흐른다고, 책은 그다지 읽을 게 못 된다고. 그리고 혼자 앉아 밥 먹는 시간, 아무도 말해주지 않은 내 뒷모습이 콱 섭힌다.

앞면이 지성적인 속임수가 가능하다면 뒷면은 감성적인 속임수가 가능하다. 미워하고 싸우며 헤어지는 연인들이라도 결정적으로는 후줄근한 상대의 뒷모습에서 통증을 느낀다. 똑똑한 사람들도 바로 그 지점에서 허물어진다.

뒷모습은 하나가 아니고 둘도 아니고 다양한 모습으로 하나였다가 열이었다가 백일 수도 있다. 마주하고 있다고 다 본 것은 아니다. 정면은 수식이 가능해 자신을 숨길 수가 있다. 표정과 몸짓, 옷차림이나 매너를 통해 자신도 모르는 사이 포장을 한다. 적절하게 표현된 경우도 있고 의도가 강한 경우도 있다. 따라서 대상을 안다고 하는 것은 우리에게 표상되어진 부분에 대한 단정이기 십상이다. 그에 비하면 뒷모습은 거의 수식이 불가능하다. 슬픈 딜레마 혹은 쓸쓸한 존재들이 나열된 엔딩 크레디트처럼.

그는 왜 흰 면장갑을 모아두었을까. 생전의 그는 결혼식 주례를 꽤 하였다. 그의 책장 아래칸에는 그때 사용한 흰 면장갑이 수북했다. 일회적 용도, 눈부신 흰 빛깔로 예식 의 품위를 높여주었을 그것의 소임은 단 30분, 아무도 흰 장갑의 행방을 기억하는 사람은 없다. 없어서는 안 되지 만 절차상의 임무가 끝나면 뒷문으로 사라지는 주례의 입 장과 흰 장갑의 운명은 흡사해 보였다. 암시처럼 그 역시 그렇게 서둘러 떠났다.

뒷모습은 존재하나 실재가 없고 익숙한가 하면 생소하다. 확실함과 모호함의 경계라 하자. 경계의 주변, 아지랑이 이는 길바닥이 길이기도 하고 허공이기도 한 것처럼 그것에 대한 정의는 그렇게 애매하다. 앞모습에 대한 대립항으로서의 뒷모습이 아닌, 존재하되 부재로 인식되는 것의 비애 혹은 소외라 말하겠다.

못 견디게 우울하거나 분노가 끓어오를 때는 대개 상황
에 너무 가깝게 있는 경우이다. 바싹 다가간 거울 앞에서
는 나를 분명히 볼 수가 없다. 그렇다고 거울의 뒷면으로
비춰볼 수는 더욱 없다. 당연하지만 마음에 거울 하나 달
아놓아야 한다. 그러나 거울조차 보고 싶지 않을 때는 잠
시 자기를 꺼두어야 한다.

사막을 꿈꾸었다. 왜냐하면 그곳에서는 앞과 뒤가 하나가 되는, 앞이나 뒤가 존재하지도 않는, 오직 하나. 삶과 죽음의 분별마저도 무의미한 찰나만이 있을 뿐이기 때문이다. 그곳에선 머리가 하얗게 빈다. 무無가 아니라 투명透明이다. 구원조차 없는데 간절함이 몸을 휩싼다. 이처럼 종교적인 공간이 또 있을까. 종교란 그런 것이리라.

뒤를 깨끗이 하라. 뒤를 조심하라. 날마다 씻고 닦는 앞
은 그리 중요한 것이 못 된다.

권력은 직함의 앞과 뒤에 기생한다. 직함의 앞에 기생하는 것은 폭력이며 직함의 뒤에 기생하는 것은 비리이다.

동서고금, 권력은 섹스보다도 중독성이 강하다. 아니 섹스도 권력에 속한다. 어느 날부터 시와 시인에게도 권력이란 그림자가 붙어 있음을 보았다. 시와 시인이 직함인 모양이다. 이것도 등판이 두툼하여 뒷모습에 대고 90도 경의를 표하는 사람이 있다. 거기 기대어 살찌고 있는 비참을, 비참을 알고도 묵인하는 비열을, 용서하지 마라.

버스의 맨 뒷자리에 앉아서 갈 때, 덩그러니 높은 그 자리에 앉아서 갈 때, 자꾸 뒤통수가 가렵다. 잘못 살아온 죄가 어른거린다. 내 뒤에서 누군가가 총구를 겨누고 있는 듯, 어디선가 총알이 날아 명중해올 듯, 뒤돌아보지만 내 뒤는 내가 볼 수 있는 게 아니다. 숱한 총알들은 내가 만들어낸 불신의 부메랑이 아닐까.

불안은 불안과 만나 불안을 희석하기도 한다. 그리고 더 불안한 쪽을 보고 위안을 삼는다. 어떤 학습은 앞이 아니라 뒤를 보며 나아간다.

나는 아는 내용만을 쓰지는 않았다. 물론 아는 지식만을 써야 하는 건 아니다. 그러나 명확하게 자신의 신념으로 오지 않은 것을 여러 차례 내 것인 양 멋을 부리기도 했다. 시의 미덕인 애매성을 모호성으로 가리려 했으나 뒤가 다 트인 옷을 입은 것처럼 누군가는 부끄러운 내부를 엿보았을 것이다.

어떤 고수라 자처하는 자들은 감추기보다 확 드러내면서 위장하는 수법을 쓰기도 한다. 그러면서 자신이 쿨하다고 착각한다. 그건 더 불순하다. 그냥 고요하면 안 될까. 생각보다 고요한 걸 못 참는 사람들이 있다. 끊임없이 자신과 동류를 만들어야 직성이 풀리는 그런 이들. 뒤가 켕기면 설명이 많아진다.

　그렇다 한들 뒷모습은 뒷모습일 뿐이다. 배후로서만 존재할 뿐이다. 그러나 뒤가 없으면 앞이 어떻게 가능하겠는가. 수많은 배후의 어머니가 있어서 빛나는 자식들이 있고, 수많은 나무의 배경이 도시와 세상을 정화한다. 뒷모습은 착하다. 그 힘이 허위를 녹이고 겸허를 알게 한다.

밝음의 뒤는 어둠이 아니라 밝지 않음이다. 마찬가지로 시詩의 뒤는 산문散文이 아니라 비시非詩이다.

4
부

당신이

다른 사람에게 갈 때조차

아무 말 못했지만,

유리창에 바싹 다가간다고 내일이 일찍 올까.

어떤 상처는 가렵지만 우리는 그 옆을 하염없이 긁을 뿐, 상처엔 손도 대지 못한다. 뻔히 알면서 또다른 상처를 만드는 일. 애먼 곳에서 피가 날 때 비로소 울음을 터뜨리리라.

당신을 원망할 수 없어서 물보라만 일으키던 밤 파도, 그리고 그 곁의 선잠처럼. 상처 가까이 다시 상처가 되는 일 종종 있다. 단단해지는 일도 종종 있다.

비는 비 아닌 것을 다 적시고 눈은 눈 아닌 것을 다 덮었다. 소문만 자욱했던 연애여, 감추느라 다 보낸 여름이여.

고쳐 쓴 식민지 역사처럼 피해자가 슬픈 이름이여. 그리고 바보처럼 얼굴이 붉어진 가을이여, 문을 닫아건 겨울이여, 삶이여.

오래 참아서 뼈가 다 부서진 말, 네가 어렵게 참았던 말.

끝까지 간 것의 모습은 희고 또 희다. 백설, 종내 글썽이던

순한 마음아 너는, 옳았다.

창 안은 창밖으로 완성된다. 비는 안을 들 수 없다. 언제라도 깨뜨려질 수도 있는 진실을 두고 안심하며 잠을 청하는 사람들.

단팥빵을 꽃처럼 깨물었을 때, 달콤했던 핏물, 불안한
쾌감.

멎지 않는 기침을 해댈 때, 피댓줄이 끊어질 듯 절박할 때, 마음을 물속에 넣어봐요. 내가 스미어 작아지는 상상을 해요. 젖은 티슈처럼, 젖은 식빵처럼. 그렇게 기침이 젖어 물이 되기를, 촉촉해지기를, 가없은 인후가 목소리를 돌려주기를.

여름이 떠날 때 설핏 뒷모습에서 남은 습기 냄새가 났
어요. 혹독함에도 그리워지는 무엇이 있어요.

만날 수 없는 마음, 씻어내도 고이는 쌀뜨물처럼 머뭇거리는 너의 눈빛이여 간절함이여. 곧 해가 질 텐데. 저녁은 자꾸 다른 곳을 넘겨다보네. 그러다 입을 막고 우네.

첫 시집을 들고 온 사람, 선뜻 시집을 내놓지 못해 잔을
만지작거리고 냅킨을 접고 또 접고, 있잖아요. 저 저……
운을 떼다가 왈칵 울어버리던 너의 순수를, 바라보던 내
가 울었다. 그게 뭐라고.

피오르를 지날 때 절벽을 따라간 바위들의 형상에 뭉크가 있었다. 형체가 뭉글뭉글한 〈사춘기〉와 〈절규〉와 〈불안〉은 바위 속에서 튀어나온 것이었다.

어떤 예술가도 자연에 빚지지 않은 경우는 없으나 그 해석은 작가의 몫이었으니 바위에서 공포를 꺼낸 뭉크는 피오르를 재구성하였던 것.

노르웨이의 비밀을 안 것처럼 나는 은밀하게 웃었다.

저녁놀이 백미러에 담긴다. 나는 동쪽으로 가고 있구나.
생의 눈이 멀어도 좋은 시각, 노을은 저녁을 설명하지 않
고 그냥 조금 울었을 뿐인데 동쪽이 흥건하게 다 젖었다.
사라방드가 목젖을 떨며 자욱하였다.

네가 절망을 아느냐고 물었을 때 그때가 절망이었다.

무슨 생각이 계단을 헛디뎠을까. 그렇다고 치사하게 발목에 화를 내다니.

.

자귀나무 이파리는 손끝이 닿기도 전에 토라지지만 같은 줄기에서 꽃은 연분홍 깃털 같은 매혹을 내민다. 저 유혹하는 전통성, 식물의 성기를 보는 듯 거기엔 밀당의 정치성이 보인다. 아아, 나는 왜 또 그것이 불편해 이러는가. 꽃송어리를 두고.

생전에 고요했던 사람들의 영혼은 숲으로 간다. 나무가 되어 저기 서 있다. 숲에서 두런두런 나는 소리는 세계를 염려하는 그들의 대화. 저쪽, 숲 밖의 세계는 먼지와 소음, 안타까움으로 나무들은 자주 몸을 흔들어 소리를 보낸다. 그 말을 알아들을 때까지.

　수영 코치가 말했다. 고개를 숙이고 어깨에 힘을 빼세요. 나는 수영을 배우지 못했다. 누군가에게 쫓기듯 도망쳐왔다. 기본이나 원칙이 무거웠던 게 아니라 나는 다만 물이 무서웠던 것. 어떤 이유로든 나는 가지 못하리라 하지 못하리라. 아아, 아니리라.

꽃이 먼저 피었다고 오래가는 건 아닐 거야. 덤덤해진

당신을 보는 건 덤덤해진 사실보다 더 어려웠습니다.

자살에 실패한 사람에게서 안도와 실망을 동시에 느낀다. 쇼킹한 스토리가 궁금하지 않은 건 아니나 자기 계획에 실패한 낭패를 짐작해서이리라. 엄격한 자기 검열로 자살을 선택하는 이들의 결백은 누추한 수명 연장보다 갑절 아름다우나 아아, 그건 예리하게 아프다.

심장이 망가진 앳된 환자가 병실 복도에서 노을을 퍼담고 있었어요. 노을이 그의 죽음을 연기延期할 수 있다면 내가 노을이 되어보겠어요. 손가락으로 긁어서 붉음을 모으겠어요. 작가 지망생이라는 그 소년, 이름을 묻지 못했어요. 아직 선명히 떠오르는 그는 내게 살아 있는 거지요.

14만 킬로를 넘었을 때 자동차가 부르르 떨었다. 남은 거리에는 두려움이 더해질 것이다. 부르르 떠는 것은 지금 살펴보라는 그의 부름.

간간히 자신도 모르게 죽음이 찾아오나 강한 거부로 인하여 죽음은 비껴서 갔을 것이다. 그러다가 알게 될 것이다. 그때 찾아왔던 빈객을 놓친 것에 대한 후회를. 두어 번의 거부 이후 우리 생의 몰골은 죽음보다 더 비참해진 비참인 것을.

4월의 눈,

떠나면서 더 가두지 못하고 발설하고야 말았구나.

그래 말해도 좋아, 얼마든지 말해도 좋아.

푸르스름한 빛이 산등성이를 넘어 번져오고 있을 때, 새
벽을 맞는 초췌한 자아는 극빈이다. 아무도 없거나 아무도
없어야 하는 이유가 있다. 지극한 순간들에 비어져나오는
자아를 새벽 속쓰림처럼 어루만지며 차가운 유리에 이마
를 댈 때, 문득 나는 살아 있다고, 간절하다고 읊조린다.

아무 일도 일어나지 않아 견디기 어려웠다. 나는 이 무사함이 싫다. 나는 차츰 역동적인 이 세계로부터 제외되리라.

슬픔에도 문체가 있다. 사용되는 곳마다 달라지는 색, 상, 형, 속 또는 분위기. 슬픔은 함께한 대상들을 세례^{洗禮} 한다. 슬픔이 영원해야 할 이유이다.

노르웨이의 노시인 올라브 하우게의 청순은 책장을 넘기는 손을 떨리게 해요. 그가 「내게 진실의 전부를 주지 마세요」라고 할 때, 고개를 푹 숙이고 말았어요. 설산의 물이 흐르고 있었어요. '사양辭讓'의 곡진함을 말갛게 드러내고 있었어요. 그래요. 내게 진실의 전부를 주지 마세요.

목련, 햇빛을 훔쳐 꽃 속으로 숨어든 어린 발자국들, 때
이르게 맥박이 저 먼저 뛰어서 숨이 찬다. 눈이 부시다. 귀
가 먼다. 그리고 눈을 감는다.

작업실의 자코메티는 마지막 초상화를 그릴 때 완성에 가까운 작품을 18일째 지우고 다시 지울 태세였다. 동생 디에고가 그를 진정시키지 않았다면 180번 지우고 있었을 것이다. 지우는 행위, 만족을 두지 않는 고집, 결과 따위는 속된 가시일 뿐이다. 작업실에는 예술과 예술가를 보여주는 과정이 있었다. 마침표와 완성은 과정이 머물다 멈추는 지점일 뿐.

볼리비아의 우유니 사막은 영혼이 가야 하는 곳, 살아 당도할 수 없어 사진만 들여다보다가 죽어보다가.

아득한 소금 사막이 윤기나는 유리 바닥이 될 때까지의 고독을 아무나 엿보면 안 되니까. 가고 싶어도 참아야 하는 곳.

너무 아까워 남겨두었다가 먹지 못한 앙금빵도 많았지만, 당신이 다른 사람에게 갈 때조차 아무 말 못했지만,

귀한 건 가질 수 없어 갈 수 없어 오늘도 안녕, 가질 수 없는 진실들아, 영혼을 팔지 않으려 다 보낸 당신들아, 그리움들아. 좋은 건 두지 말자. 삶은 아직도 망설이는데.

하지의 긴 해, 어머니의 눈가가 노을처럼 더울 때, 생이
여 미안하고 미안하다.

　슬픔으로 찬 곡, 슬픔 자체인 곡, 스무 살에 왔던 샤콘느가 아직 따라와 있다면 나는 슬픔을 말해도 되겠다. 비탈리가 샤콘느 한 곡으로 일생을 마감했다면 슬픔은 하나인 거야.

　사랑도 하나뿐이어서 통곡을 했으니, 동정했던 이웃들아, 그를 데려오지 마라. 떠난 것은 그 때문이 아니었어. 내가 슬픔을 살았던 거야. 나의 집은 슬픔 또 슬픔. 울고 난 뒤 샤콘느와 둘이서 먹는 노란 카레.

행복하면 안 되어요. 그건 단순해요. 매너리즘에 빠져요. 정말 말해본다면 그건 미안해서 안 되어요.

"나는 호밀밭의 파수꾼이 되고 싶어요. 호밀밭에서 뛰어노는 아이들이 내달리다가 절벽으로 떨어지지 않도록 그 앞을 지키는 파수꾼이 되고 싶어요." 아무것도 될 수 없다고 생각하던 날 그 문장이 그네처럼 흔들렸다. 나는 높은 데서 뛰어내릴 아이도 못 되고 높은 곳이 어디인지조차 모르는 아이. 다만 '지킨다'는 말에 몸이 찔리어.

사고사事故死한 시체를 확인하려 흰 시트를 들출 때, 그때만은 부디 사실이 오류이기를, 진실이 아니기를, 참혹은 살아 있는 자의 눈을 타고 온다.

우리는 잃어버린 우산을 찾으러 먼길을 가진 않아요. 또
다른 우산이 올 테니까요. 종내 잃어버린 것에 대한 기억
조차 없이. 그렇게 잃어버린 자아는 어느 곳에 깃들어 타
자화되어갔을까요? 그렇다면 내 곁에 붙어 있는 의식도
일부분 타자의 잃어버린 우산일까요? 그래서 우리의 자
아는 늘 타자를 기웃거렸던 걸까요?

'야생동물 주의' 팻말이 있는 고속도로, 누가 주의해야 할까. 야생에게 야생의 생리를 찾아주는 게 주의일 것이다.

말린 우엉차를 우리면 몇 차례 다시 우려도 우엉 향이 남아 있다. 특성이나 개성은 그렇게 남아 자신을 증거해야 할 것이다. 한두 차례에 다 씻겨나갈 실존이여, 자주 다른 곳에나 기웃대는 부박한 에고여.

　왜 나는 다자이 오사무와 에곤 실레를 같은 그룹에 넣었을까. 『인간실격』이라는 다자이 오사무의 소설 표지에 에곤 실레의 자화상이 매치된 이유와 별개로 그 두 사람은 절묘하게 공통의 이미지를 풍긴다. 다자이 오사무의 참혹과 에곤 실레의 고통은 살이 쏙 빠지도록 예술의 근원에 접해 있다. 쿤, 네가 그 두 사람을 좋아한다 말했을 때 가슴이 미어지는 줄 알았다. 좋아하지 마, 라고 말할 뻔했다. 그때의 염려는 이기였을 테니, 이기는 무엇을 구원할 수 없을 테니. 엄격을 놓치면 표리부동이 되는데.

허무가 허무를 알아본 때, 실패가 실패를 알아본 때, 껴
안아주지만 동족은 힘이 되지 못한다.

갓길에 차를 세우고 오래 사람들을 바라본다. 사소한 기
쁨이 차오른다. 사소한 저녁이다. 고맙다.

5
부

흔들리는 빈 가지에

오늘은 별들을 걸어야지

아프다 말도 없이 오고 아름다웠다 말도 없이 간다. 봄.

어머니 무덤에 작은 창 하나 내어 물어보고 싶어요. 너무 고전적인 답은 하지 마세요. 참으라구요? 그거 고전적인 답 아닌가요. 용서라구요? 그건 더욱 고전적이군요. 오래되니 고전만 남더라구요?

당신을 볼 때면 나는 내가 잘못 살았다는 생각이 든다.

당신이 똑똑하다고 더 아름다운 건 아니겠지요. 결벽증 때문에 난 당신을 두지 못합니다. 많은 경우 애정들은 실천되지 않았습니다.

어머니는 기르던 닭 한 마리를 채와서 뒤란으로 가 나
무관세음보살! 낮게 읊조리며 목에 칼을 넣었다. 무겁고
애절하게. 수혜는 가족이 받는데 죄는 어머니가 비셨다.
백숙의 뽀얀 국물은 그녀의 애가 녹은 점액질이며 그걸
아는 닭들의 보시였을까.

아이의 내의를 고르고 겨울 머플러를 넣고 포근한 장갑
도 마련하여 보냈는데 나중에 태그도 떼지 않은 그것들이
서랍에 잠든 걸 본다. 속옷은 꼭 챙겨 입어라, 아랫도리 따
숙게 해라, 품을 넉넉히 해라. 듣지 않은 시절이 오버랩되
어왔다. 염려나 사랑을 모르는 게 아니라 아직 '그때'가 되
지 않은 것을, 실제보다 재량에 마음을 두느라 '그때'를 모
르거나 너무 이른 염려가 아직 닿지 않은 것을.

네가 잘못 밟은 곳에서 절룩거리며 내가 나왔다. 모든 개화가 다 좋은 조건에서 이루어지는 건 아니다. 향기는 그 과정에서 농축된 비명.

여러 차례 부재중 전화의 껶음 표시를 보면 마음이 써늘
하다. 상대의 부름을 듣지 못하는 동안 그쪽은 잠시 허공
에 손이 떠 있었을 것이다. 의도나 고의가 아니나 그 표시
엔 왠지 거절된 때의 난감함이 깃들어 있다. 우리는 그렇
게 누군가의 필요에 부재중이거나 멀었다.

너에게서는 소식이 없다. 오래되었다. 다행이다. 먼 생
각을 꺼내어 더듬어보는 일, 잠시 기도를 얹는 일이 우리
가 할 일이다. 흐릿해질수록 우리는 그토록 염원하던 쪽
으로 다가가고 있는 것.

다시 겨울이어요. 완고한 입술이 있어요. 함묵이 아름다
운 안팎이어요. 자연의 동안거라 할까요. 선방禪房의 윗목
을 손바닥으로 쓸어보듯 이 계절, 내 손은 결연히 놀랄 만
한 어떤 상태를 감각할 수 있을까요.

악어는 눈과 코의 높이가 같아요. 순발력이 없는 대신 덩치로 기선을 제압하지만 그들 느린 생명체들은 대부분 유순하지요. 악어를 사육하여 가죽을 다 벗기는 인간이 유순을 논하다니요. 악어가 콧잔등에 새를 올려두고 있는 모습은 어여쁘기까지 해요. 공생관계, 그것도 믿음 없이는 이루어지지 않는걸요. 나는 당신이 내 몸 한쪽에 붙어 있다면 참을 수 없었을 거예요.

맨홀 속에 떨어진 휴대전화에 목소리가 남아 있었다. 너
왜 거기 있는 거니? 나오지 않는 거니? 알았어 알겠어. 멀
리 달아나지는 마라. 더 다가가지 않을 터이니.

인도양에서 보트가 뒤집어졌을 때,

몽골의 톨강에서 급류에 떠내려갈 때,

죽음이 직전에 있었다.

그 절박했던 순간, 당신과 함께라는 생각은 믿을 수 없으리만치 평온을 주었다.

흠모하는 사람과 한곳에 묻힌다면 죽음도 달다. 달 것이다.

폭력이 다시 이슈가 되고 있다. 기존 뒷골목의 폭력에서 성폭력, 가정폭력, 직장 내 폭력 등. 폭력의 반대말은 무얼까. 비폭력? 사랑? 아니 '슬픔'이다. 슬픔 앞에서 허세는 스르르 무너지고 만다. 보이지 않는 힘 중 가장 아름다운 깊이이다. 슬픔에 드시는 분, 나는 당신을 모시리라.

산책을 잃어버린 걸음, 키스를 잃어버린 입술, 저수지는 무늬를 지우고 또 그리고. 여기까지 와서 돌아보니 쓸데없는 데 시간을 다 허비했구나. 쓸데없는 것들은 또 얼마나 눈물겨우냐.

카프카가 말했다. 우리 마음에는 두 개의 침실이 있다고. 하나는 기쁨의 방, 다른 하나는 근심의 방. 기쁨이 너무 크게 웃어 근심을 깨우는 일이 없도록 하라는 말, 그렇다면 근심이 크면 기쁨을 깨우느냐는 물음에 기쁨은 귀가 멀어 근심을 듣지 못한다는 말.

기쁨과 근심을 공히 대우하는 말씀들, 얼마든 꺼내 쓰라고 마구 베풀어주시는 햇빛, 별빛, 감미로운 바람, 수만의 향기. 당신이라는 우주를 나는 숨쉰다. 산다.

저녁을 받아주는 잠, 잠을 담아주는 꿈, 마음이 놓입니다. 이런 위안도 모른 채 당신은 다른 곳을 기웃거리고. 저녁 연기는 외줄로 오르고.

　희생하지 않는 봉사는 봉사가 아니다. 실천하지 않는 사
랑은 사랑이 아니다. 그가 연탄 봉사를 하고 와서 시커먼
손으로 코를 실룩일 때 늘 내 코가 먼저 시커멓게 닳았다.

"한밤에 가지고 놀다가 이불솜으로 들어가버린/얇은 바늘의 근황 같은 것이 궁금해질 때가 있다/끝내 이불 속으로 흘러간 바늘을 찾지 못한 채/가족은 그 이불을 덮고 잠들었다" 김경주의 바늘이 이불에 들어왔다. 우리는 그 바늘을 찾지 못한 채 오늘도 바늘 든 이불을 덮고 잠든다. 불편과 불안, 시인이 시인다운 이유는 그 이불을 수락했기 때문일 것이다.

콘트라베이스라는 악기는 덩치가 첼로의 두세 배나 되지만 교향악단 안에서는 존재가 미미하다. 연주 시간 동안 서너 번 덩덩 울릴 뿐 청중도 그 소리를 잘 듣지 못한다. 덩치의 비애.

연주회에 가면 눈을 감고 콘트라베이스를 더듬는다. 놀라운 일은 그 악기만큼 아름다운 소리가 없다는 것이다. 소외된 자의 내공이랄까. 시는 그런 곳에 닿을 것이다.

내가 아는 젊은 가수 J는 편지에 이렇게 썼다. "제게 주어진 것이 혹 재능이라면 그것은 제가 노력해서 얻은 것이 아니라 주어진 것이므로 언젠가 저를 떠날 것입니다."

노래를 할 때나 피아노를 칠 때도 고개가 아래를 향한다. 그건 그의 맑음에서 나온다. 부족하다고 뒤로 숨는 그 뮤지션을 보면 나는 마음이 조급해진다. 나는 그를 오래 응원해야 한다.

　　그리우면 되리라. 어떤 저녁을 안타까워할 때 그 저녁이
좀더 머물러주었다.

짝짓기하는 모습을 보면 말할 수 없이 불편해요. 내 안에 그 잠재태가 있어서인가봐요. 끈적끈적하게 흘러나오는 본능에서 누구도 자유로울 수는 없지만 나는 눈을 감고 싶어요. 부정하고 싶어요. 종족보존 뒤에 숨은 욕망의 허무를 옹호하기가 힘드네요. 오늘 동물들의 짝짓기하는 프로그램을 보고 기분이 언짢아 무슨 말인가 하는 당신에게 버럭 화를 내고 말았어요.

빙글빙글 돌아가는 회전초밥집, 앙증맞은 접시에 몸들이 앉아 있다. 컨베이어 위에서 잘 다듬어진 부위들이 선택되길 기다리는 모습은 지난 시대 대구 '자갈마당'의 여인들과 흡사하다. 핑크빛 형광 조명 아래 칸칸 초밥처럼 앉아 있던 여인들. 참혹했다. 몹시 부끄러웠다. 어디서부터 말해야 하나. 아니구나, 이 땅의 모든 생이 누추하였다. 오래 불평등한 이런 수수授受의 관계.

면상이라고 했다. 면전, 면박이라는 말도 있다. 얼굴은 무엇일까? 복면가왕이 뜨는 이유도 복면이 준 자유, 해방이 다른 성과를 주기 때문이다.

얼굴은 지극히 개인적이며 사회적인 장치이다. 얼굴이 얼마나 많은 함정을 지니고 있는가마는 어떤 이유로든 자타 우리는 얼굴 이상 중요한 걸 알지 못한다.

안정된 사람은 대상물을 몸 가까이 둔다. 누추한 걸 껴안는 이야말로 중심을 가진 사람이다. 내 어릴 적 동냥 다니던 거지들이 있었다. 그들 밥통을 어머니는 한손으로 가까이 당겨 음식을 다소곳이 부어주었다. 그릇 부딪는 소리가 작게 들렸다. 우리는 대부분 멀찍이서 쏟아주느라 그릇 바깥에 흘리거나 불쾌를 드러내곤 했으니, 그때 흘린 음식물은 내가 오래도록 핥아먹어야 하리라. 중심이 멀어 헛발질이 바쁜 자. 선민의식이라는 벌건 김칫국물.

허위. 당장 나가겠노라 호기 있게 짐가방을 챙겨놓고 붙

잡기를 기다리는 마음.

입안이 헐어 여러 군데 하얀 상처가 돋았다. 먹을 때나 양치할 때 깜짝 놀라곤 한다. 음식으로는 회복이 안 된다. 비타민 주사를 맞고 나자 거짓말처럼 상처가 스러졌다. 의지해야 하는 시기가 온 것이다. 약에 의지하고 기구에 의지하고. 부디 의지해야 하는 대상이 당신이 아니기를. 당신 등짐으로 얹히지 않기를.

밤열차를 탔어요. 정동진 가는 길이었는데 보통은 일출을 보러 가지만 나는 새벽빛을 보기 위해서였어요. 태백 황지가 칭얼대며 따라오는 동안 새벽빛은 누군가를 달래는 마음, 가라앉히는 빛깔, 엄숙한 기운이었어요.

다른 한번은 스페인에서 포르투갈로 들어가는 리스본 특급열차에서의 새벽이었어요. 세상이 누설하지 않은 빛, 인간이 규정한 너머의 색깔이 있었어요. 그때 지나친 역들을 정신, 영혼, 명상, 고요, 신비라 이름 할까요.

열차는 아득한 우주 공간을 진입하는 행성 같았지요. 어느 새벽도 같지 않으므로 내가 일찍 잠을 깨는 것도 새벽빛을 들이기 위해서죠.

　환자복을 입고 침대에 누워 수술실로 들어가는 당신의 눈빛, 할말이 많은 눈빛. 마지막이라는 확률을 배제하지 않으므로 거기엔 간절함, 안타까움, 감사함, 서러움, 두려움 그리고 절박함이 혼재한다. 내가 본 모습 중 처음 유순하였다.

잭슨 폴록이나 데미안 허스트, 혹은 쿠사마 야요이의 작품들을 보다가 이우환으로 넘어가면 갑자기 마음이 정결해진다. 인간 본연이 추구하는 건 결국 고요하고 절제된 인상일 것이다.

뉴욕에서 이우환 특별전을 보는 행운이 있었다. 커다란 돌멩이들이 듬성듬성 놓여 관람자들의 시선을 낯설게 붙드는가 하면 초기작에서 촘촘한 붓질로 생긴 선과 면, 그 것이 차츰 정제되어 이윽고 커다란 하나의 점으로 박힌 캔버스 앞으로 데려가 그의 세계를 무언으로 설명, 귀결하고 있다.

언젠가 파리의 아케이드 통로에서 지나가는 그를 발견

하고 알은체할 뻔했다. 물론 그는 나를 모른다. 세 사람의 일행과 걷는 그는 체구가 작고 헤어스타일이나 옷차림이 흡사 일본인이었다. 그가 셋이다가 둘이다가 하나인 채 선이었다가 점으로 사라질 때까지 바라보았다. 이윽고 텅 비었다. 그의 작품처럼.

　아. 왜 이토록 좋으냐. 빨래는 쌓여 있고 냉장고는 텅 비
었는데 찰방거리며 감각이 선히 일어나 몇 시간째 커서가
오래 머물 틈이 없구나. 무릎담요를 덮고 등에 찬바람이
들어도 나는 왜 이렇게 좋으냐. 흔들리는 빈 가지에 오늘
은 별들을 걸어야지. 어루만져주어야지.

상주시 남쪽 외곽도로의 메타세쿼이어가 함박눈을 입고 줄지어 서 있다. 뼈대만 남은 높직한 삼각의 구도를 황홀하게 바라본다. 외로운 존재들은 매혹하는 데가 있다. 사진을 찍고 싶었으나 찍지 않았다. 생에 무슨 말이 그리 필요하냐. 존재는 서 있을 뿐, 그럴수록 드러나는 가뿐한 정신.

밤새 기침을 하다가 아침을 맞을 때, 혼자가 아니라는
어떤 안도가 기침을 조금 덜어갔다.

나는 그들을 떠나고 싶다. 그러나 원점으로 되돌릴 수 없다면 유지하라. 그러나 원점도 무의미하면 궁극에 두라.

색즉시공色即是空에서 색은 파괴되는 것이고 공은 파괴되지 않는 것이라 해석한다. 색이 영원히 존재하는 실체라는 미혹에서 벗어나 실상을 바로 보고 집착을 버려 깨달음에 이른다는 논리는 이제 평범해져 있다. 그보다 공의 의미가 상서롭다. 공을 수數의 세계로 가져오면 무無로 연계할 수 있겠다. '무'를 없다는 의미 대신 지운다는 의미로 해석한 뜻도 있으나 나는 '옮긴다'는 의미를 편다. 숫자의 '0'을 생각하면 될까. '0'은 없는 게 아니고 지워진 것도 아니다. 1, 10, 100처럼 자리를 만들어준다. 자리가 있으니 서로 옮겨 앉는 것. 우리의 첫마음도 없는 듯 지워진 듯 보이나 어딘가로 옮겨진 것이다. 따라서 '공'은 '무'와 연계

되고 다시 고유한 어떤 자리를 가지게 되는 것. 있기도 하고 없기도 한 잡히지 않는 무엇의 세계.

오래전 로마에서 카타콤을 본 적이 있어요. 지하 공동 무덤이지요. 관마다 길이가 다르고 놓여 있는 위치도 지그재그, 엄숙하기보다 자유로웠어요. 내 자리는 어디로 할까. 키 재보는 일의 즐거움이 은밀했어요. 나는 이 무덤이 유정하고 흥미로워 내 주검 옆칸엔 누굴 둘까? 위에는? 아래는? 그리고 옆방은? 꽃피는 봄밤엔 서로 바꿔 누워야지. 죽음을 놀이처럼 하면 안 되나요? 이 은밀한 즐거움을 즐기기 위해 그때부터 나는 좋아하는 사람을 꼽고 있어요. 그들과 한곳에 들 예정이에요. 물론 그들은 전혀 모르는 일예요.

불확실만이 나를 먼 곳으로 데려가리라.

카메라 폰이 생기고부터 언제 어디서든 카메라를 들이댄다. 시간과 공간을 저렇게 보이는 것으로 만들며 탕진한다. 남는 건 사진밖에 없다는 말은 옳지 않다. 사진밖에 무엇도 남지 않게 된다. 지나가는 현상일 뿐인 허상에 무위를 의지한다. 그때 놓친 미세한 기미는 우리가 잡아야 할 진실이었을 것이다. 그 놓침이 탕진이다.

눈에 이물이 끼어 있는데 자꾸 안경알을 닦는다.

날려 흩어진 톱밥은 돌아가 나무가 되려 하나 나는 다시 어디에도 집을 짓지 못하리라.

돌려주시지 않아도
됩니다

ⓒ이규리

초판 1쇄 발행 2019년 4월 30일
초판 2쇄 발행 2023년 7월 28일

지은이 이규리
펴낸이 김민정
편집 유성원 김필균
디자인 한혜진
저작권 박지영 형소진 최은진 서연주 오서영
마케팅 정민호 박치우 한민아 이민경 박진희 정경주 정유선 김수인
브랜딩 함유지 함근아 박민재 김희숙 고보미 정승민 배진성
제작 강신은 김동욱 이순호
제작처 한영문화사(인쇄) 경일제책사(제본)
펴낸곳 난다
출판등록 2016년 8월 25일 제406-2016-000108호
주소 10881 경기도 파주시 회동길 210
전자우편 nandatoogo@gmail.com **인스타그램** @nandaisart **페이스북** @nandaisart
문의전화 031-955-8865(편집) 031-955-2689(마케팅) 031-955-8855(팩스)

ISBN 979-11-88862-41-2 03810

● 이 책의 판권은 지은이와 (주)난다에 있습니다.
● 이 책 내용의 전부 또는 일부를 재사용하려면 반드시 양측의 서면 동의를 받아야 합니다.
● 난다는 (주)문학동네의 계열사입니다.
● 잘못된 책은 구입하신 서점에서 교환해드립니다.
   기타 교환 문의: 031-955-2661, 3580